짧은 밤 이야기

짧은 밤 이야기

| 한국대표정형시선 043 |

짧은 밤 이야기

문희숙 시집

고요아침

오후 늦시

문희숙

대낮에 누가
맥주통을 엎질렀다
그림자 길게 누인
노곤한 가로수 아래
시간의 누런 거품들이
하수구로 흘러내리고
방치된 가건물 한 채
쑥대밭에 퍼질러 앉아
먼지 낀 콧구멍을
나팔처럼 열고 있다.

도시는 낮안개 속에서
물렁물렁한
관이다.

■ 시인의 말

잴 수 없는 무無의 세계에
나는 놓여 있다.
늘 선택하고 미끄러지면서,
그러나 아직은 아리아드네의 실을
잡으려 한다.
다시 늙은 등불을 켜고
읽고 쓰고 싶다.

2016년 9월

문희숙

■ 차례

제3부

1부

독가촌을 지나며

빈 집 장독대
고요가 모여서
탱탱한 석류알을 키우고 있었구나
양철문
가시울타리
다 부서진 담장 안에도

처용의 말

처음부터
내 사랑은
정처 없는
아름다움

눈으로도
손으로도
잡을 수 없는
자유

나 이제 그대 땅에도
바다를 들여놓는다

춤추어라
내 사랑
묶인 말뚝
뽑아내어라

흑백의 주문을 외며
중중모리 어깨춤 한 판

달밤이 이울어간다
파도는 거세진다

노을

간혀서 흘러온 길
저 맨발
빨갛게
목이 메인다
저물녘
허밍코러스
혼자서
저녁을 넘는
젖은 새의
부리여

타지마할

지상엔 눈발처럼
죽음이 내립니다
이 사막 염천의 날
내 그늘 대신 하던 이
따뜻한 우산을 펼쳐
그 잠을 받습니다

뜨락의 검은 물가
달로 피는 하얀 집
죽음이 삶 안에서
삶이 다시 죽음에게서
어여쁜 반려인 것을
뭄 타즈마할
아시는지요

정물화

막 잠이 든
고단한
그리움
깨우지 마라

물감으로
꽂혀 있는
뱃놀이의 기억은

딱딱한
액자에 누워
비로소 화사해진다

검은 건반 누르며
가슴 뛰는 달빛도

물위를 춤추는
고삐 풀린 바람도

내 창문
비켜서 가라
발자국
눈이 아프다

요철지대

슬픔은 규칙적으로 파도타기를 즐긴다
넘치는 햇빛 속에 여우비 내리는 여기
바람도 푸른 발가락 사이 비구름이 묻었다

시소가 아이를 태우고 내려간다
그네가 아이를 태우고 올라간다
겨우내 슬픔이 묵었다 떠난 자리 움푹하다

석류꽃 질 때

— 춘향 생가 지나며

그대에게 이르는
한 떨기 계단이 없어

다만 눈물 글썽이던
은하의 문밖을 돌아

정표로 두고 갑니다

빈 가지
깨끗한 흔적

공

눈길에
홍매화 가지 꺾어
집으로 가는

백자 속
초동과 노인을 봅니다

한 주일 비가 오고 또
이틀 밤낮 눈 옵니다

강아지와 둘이서
공을 던지며
놀았습니다

창문 아래
눈 밟으며
삼륜차가 지나갑니다

초산의 삼색 매화차를
혼자서 달입니다

따뜻한 사원

트로이 언덕 아래 신이 놀던 푸른 에게해
그 기슭 해풍과 황무지 사이에서
두 그루 올리브나무 흔들리며 서 있다

바람도 어둠만치 참 사나웠다 끄득이며
심지 속 남은 향기 모두 다 탈 무렵에는
흰 배가 안개를 지나 소리 없이 올 거라고

목마도 신들을 태우고 떠난 바닷가
색 바래고 구멍 난 잎사귀를 활짝 뻗어
두 그루 낡은 사원이 서로
마른 어깨 다독인다

물

무반주 그레고리안 성가처럼 흘러든다
둘레를 깎아내고 모난 돌을 다스리는 힘
전신에 솟아오르던 바위
다시 삭아
평원이다

핸드폰이 있는 식탁

우리는 나무와 하늘
바다가 차려진 창가
둥근 식탁에
둥글게 둘러앉는다
앉아서 손바닥 만한 폰에
머리를 쑤셔넣는다

조금 들뜬 음악이
근처를 얼씬거리고
'좋아요'를 누르거나
자판을 치댈 동안
식탁엔 질긴 침묵의 거미줄이 내린다

따뜻한 구름을 얹은 음식이 나온다
마침 우리 입술에서 떨어지는 죽은 말 냄새,
친절히 폰은 켜져 있고 우리는 부재중이다

하얀 낮과 부엉이와

창백한 조롱에 갇혀 나는 자꾸 낡아간다
고장 난 등불 하나 내 안에 버려진 채
가늘고 섹시한 눈을 밤마다 뜨고 있다

부서진 잠을 파먹으며 부엉이가 노는 집
방안 가득 깨어진 유리처럼 마음 뒹굴어
건너편 낡은 상가의 간판만큼 후줄거린다

그리운 생각만으로도 문턱은 이미 닳아
불면의 네온 아래 가랑잎 뒤척이듯
온 밤내 바스락거리는 묽은 불빛 아프다

둥그런 향기

28

허리를 굽혔다 폈다, 늦은 시월이 바쁠까
땅을 향해 절하듯 은행알 줍는 저 노파
농익어 기우는 저녁은 어느 불빛이 데려갈까

외등

굴뚝이 제 속을 까맣게 태우면서
누군가의 따스한 저녁을 마련할 때
길 건너
어둠을 받는
밀보릿빛 우산 하나

먹물에 목이 잠겨 야위는 강을 지나
내 꿈의 어지러운 십자로를 한참 돌아
사랑이
절면서 오는
굽은 길목 어귀에

다시 쓰는 영장류사

태엽 속 음악으로
아담이 집을 빚었다
기계의 시대가
명백해진 거리에서
금속의 핀에 고정된
영혼도 매입했다

오르골 상자 안에서
사랑이 깊어갔다
그가 낳은 인형을 위해
기도하고 춤추는 아담
기계를
빼닮아가는 아담
아담이
되는 기계

사는 날이 길어지면서
진화하는 인연들

인류의 계보학을
다시 써야 할 현대

기계는 더욱 인간답게
인간은 기계답게

오후 두 시

대낮에 누가
맥주통을 엎질렀다
그림자 길게 누인
노곤한 가로수 아래
시간의 누런 거품들이
하수구로 흘러내리고
방치된 가건물 한 채
쑥대밭에 퍼질러 앉아
먼지 낀 콧구멍을
나팔처럼 열고 있다

도시는 낮 안개 속에서
물렁물렁한
관이다

2부

저녁에

허물을 못 벗은 뱀이
제 옷에 갇혀죽었다
아무리 재 보아도 세상은 끝없어라
탕진한 생이 남긴 빛을 부려둘 데 없었나보다

편의점에서

몽마르트 어귀에서 24시를 파는 그녀
그들은 유리문 밀고 일상을 골라 사지만
그녀는 그들에게서 하루치 쇠락을 번다

몇 개의 낱말들이 간판을 수식한다
말씀을 터놓자면
무어든 파는 집이죠
마모된 그녀가 진열되는 지폐의 물레방앗간

그들이 한 그루의 등불을 사갈 때마다
그녀의 필라멘트도 환하게 낡아간다

동백꽃 꽃등 하나가 봄바람에 지기까지는

등나무가 있는 뜰

젖은 눈에 보랏빛 구름이 돌던 그녀가
불규칙한 걸음으로 계단을 오르던
문밖의 집이 되지 않으려
뒹구는 길 쓸고 있다

세상의 모든 길머리는 집을 향하지
나 그 향기 잔그물에 혹여 손목 잡힐까봐
비포장 외딴 허공을 울텅이며 가고 있다

꽃대 속에 감춰 익힌 향이라도 꺼내 줄게
만 개의 창을 열어 새들을 내 놓을게
줄 타는 내 신명을 위해 허공 한 뼘 준다면

비밀, 혹은 수수께끼

낙타가 팔고 있는
좌판의 피라미드

그 속엔 애벌레처럼
왕들이 울고 있다

코 잘린 스핑크스의 걸렁한 잡담 뒤에서,

몇몇 낙타들이
담배 연기를 피운다

나와 돌덩이와 뒹구는 꽁초 사이
천 년이 열대어처럼 붉게 지나간다

고무인간

떠난 나는 볼가강이 보이는 성문 아래
물방앗간 빨강 의자에 푸르게 앉아서
나비의 엽서를 보며 코담배나 피겠지

오늘 이 아침에 그림 속 새가 와서
발코니 설탕 같은 햇살에 이불 널고
샛강이 하 많은 마을의 풀밭길을 걷는다

걷다가 두둥실 떠나는 나를 구경한다
이마 위 겨우살이 둥지처럼 이고 있는
숲 저편 안개강 쪽배에 죽은 나 실려간다

다 못한 숙제라도 남은 듯한 표정으로
꽃치마 펄럭이는 내 앞을 스치듯이
마지막 이사를 가는 나를 뻔히 구경한다

짧은 밤 이야기

오래된 시장에서 아라비아의 램프를 샀다
사막대추 푸르게 익는
초저녁 이국의 창가
그리운 심지 올리고 옛 노래를 부른다

놋항아리 가득히 달빛을 받아 이고
건넛집 인도 소녀
맨발로 지나간다
저 멀리 신밧드가 오는지 뱃고동이 들리고

바닷가 모래 위
등대 같은 지니의 횃불
헛간 양탄자에선 양들이 식사를 하고
정령이 떠난 램프만
낡은 귀를 열고 있다

산양

위험에 중독된
그의 집은 벼랑에 있다
안개의 높이에서
뭉툭해진 저 발굽
비탈이 깎아 세운 불안은
그의 생을 가둔다

양삭에서 계림까지
날개 없는 흰나비
마른 바윗길
삶의 은유도 지칠 무렵
배고픈 짐승 한 마리
공중에 부양 중이다

알람

나는 부재 중이나
내 신발은 가고 있다

발목을 잡아채는
물속 같은 모래늪 건너

돈황의 우는 모래산
명사산에 이른다

반달이던 호수는
초승달로 야위었고

바람이 할퀸 산은
자명종처럼 우는데

꿈을 깬
낮꿈을 깬 듯
열린 귀가 마렵다

태양 한 컵

노틀담 모퉁이에 흰 지팡이 내려놓고
반주 없이 노래하는 서양 처녀 등 너머
사원은 흡혈귀처럼 수백 년을 싱싱했다

신께선 세느강에 발 담근 채 조는 듯
물에 비친 고딕식 이빨들을 낚으시는데
오대양 물고기들로 광장은 타고 있다

나는 그녀가 에스메랄다인지 묻지 못해
다만 빠른 추임새마냥 동전을 던졌다
처녀의 노래 가사는 강을 건너 흘렀다

카프카의 목걸이

― 절강성 일기

하늘엔 막달라 마리아의 빗이 떠서
붉은 눈의 여자를 가만히 빗고 있다
등대는 시들어가고 길은 모두 얼었다

그녀는 비누였다
행인의 발을 닦는
고향 가는 차표를
부적인 듯 꺼내보던
그 이마 마른 강줄기
모래가 서늘하다

지아비를 아편에 잃고 아들도 간 데 없어
문 닫힌 산 집의 그림자를 목에 걸고
다저녁 취한 걸음마로 날개 한 벌 달라한다

내 이웃 즈줸줸

― 절강성 일기

야시*가 울고 있다
등 뒤 벽이 푸르다

치뜬 눈은 어제까지도 이웃을 성토하거나
웬만한 손님쯤이야 들고 났던 그 여자

오늘은 손이 없어 세 살배기가 다쳤다
볼을 꿰맨 아이는 무릎에서 잠이 들고
밀쳐서 본전이 아닌, 셈 없는 상처가 깊다

열여섯 집을 나와 시장판에서 굵은 잔뼈
스물 셋에 가게도 연, 별명조차 당찬 야시
눈물이 계산대 아래 연꽃을 피우고 있다

* '여우'의 경상도 방언.

소녀

― 절강성 일기

벌이 나온, 작고 까만 하이난 소녀가
고향 섬 꽃빛 어린 원피스를 사고 싶은데
설 춘절 귀향에 입을 한국 옷이 참 탐나는데

버거운 갑옷이듯 들었다 놓기만 몇 번
가녀린 어깨가 꼭 내 아이만 같아서
한 벌의 팔지 못한 온기를 종이백에 담는다

나를 스쳐 지나는 춘절에 손 흔들며
습기 찬 폭죽으로 꼬박 밤이 지나고
한낮의 꿈길 밖으로 기차가 흘러간다

외지인

— 절강성 일기

하루치 햇빛을 불어넣은 풍선을 들고
광장 지나 집으로 가는 인민공원 벤치 위
둥글게 몸을 감고 누운 초승달이 보인다

깊은 우물을 헤엄쳐온 어둠이다
슬픔보다 불안한 비린내를 풍기는 그
초여름, 잉잉거리는 잡념을 내치고 있다

봄이다
이방에서 날아온 홀씨들이
부푼 도시의 발가락 사이에서
새파란 제 목숨에다
성냥 긋는
봄이다

낮은 계단에 앉아 먼 데를 바라본다

— 절강성 일기

노인이 목피리를 불어 놓고 기다린다
동전이 소리 내며 양은그릇에 담긴다
내 안의 악사를 향한 이 쓸쓸한 정오의 인사

노인도 아코디언을 잠시 켜고 건너다 본다
길고 짧은 탄식처럼 등 뒤로 해가 비친다
저녁이 열대과일과 동전 그릇을 데려간다

노인은 벙어리다 크고 빈 입이 마구 떠든다
처녀들이 옷을 고르다 멈칫 놀라고 있다
여기는 얼마나 될까 계단이 너무 낮다

아픈 목피리와 아픈 아코디언이
휴일의 분수대에서 벙어리가 되는 밤
목이 긴 모딜리아니의 안느가 계산대에 서 있다

몽유록

잘 묶인 사하라장미
꽃병에서 시들어 간다

독한 시간을
피리 불던 물관부도
늦가을
노을에 뒹구는
장화처럼 헬쑥하다

나를 친친 감았던
프로그램은 누가 가졌나

문패 없는 자궁 속
한 생애가 해체된다

거대한 시뮬레이션
꽃병 밖에
나비 나비

시바에게

— 타 프롬의 묵시록

어릴 적 모래 속에 한 손을 묻고 주문했네
'두껍아 두껍아 헌 집 줄게 새집 다오'
폐허를 배양하는 노래, 나 사막에 심었네

수퐁나무 꼬치에 꿰어 돌집 그예 말라 죽는
앙코르 왓, 타 프롬 사원*, 그 유적 보고 말았네
시퍼런 밀림의 혓바닥이 채찍을 휘두르는

복수의 연어들이 수맥 따라 돌아와서
크메르 문을 뜯고 담벼락에 걸터앉았네
해골이 수퐁나무에서 지저귀네 경을 읽네

망치 든 시바신이, 목신木神의 혼령들이
사원 가득 피 흘으며 4백년** 축제 중이네
검게 탄 벽돌도 한사코 엎드려 집을 지키네

매듭으로 숲과 집이 서로 칭칭 묶인 공포
집들의 묘혈은 이곳에서 시작되었네

새집은 헌 집의 무덤 나는 착한 집의 노예

* 밀림에서 발견된 9C~13C의 크메르족의 사원 중 일부.
** 4백년 이상 묵은 고목이 사원 전체를 휘감고 있음.

3부

희망

흙 묻은 채, 호박이 넝쿨로 오고 있다
혼자서 견딘 긴 여름 들판 밟으며
이 가을, 구리빛 얼굴에 새끼들 앞세우고

사계절 후

나는 먼지와 돌을 뭉쳐 만든 그의 마네킹
그는 매일 거울 속에서 나를 갈아 입힌다
목 없는, 표정 없는 내가 구름만큼 빛난다

나는 유리의 집 조명 속을 헤엄치는
스핑크스 놀이나 안개 게임 전문가
안개가 두꺼울수록 게임도 필사적이다

단 한 벌의 문도 없는 내 유리의 사원에
저녁이면 추억의 가로등과 골목이 피고
그 골목 전봇대 곁을 나는 그림자로 서 있다

카인의 길 만들기

훤하다, 도망쳐 봐도 들 숲이 없었다
사악한 노예 지니를
호리병에 가두고서야
내 안에 묻힌 광야가
사막을 드러냈다

졸던 낙타에 올라
달아나기 시작했다
미지가 된 나는
내 유일한 볼모였기에
친근한 외투자락도 이미
감옥이며 그물이었다

길을 잃자 미지가
가슴 위에 떠 있다
먼지 속, 떠돌이 카인이 걷는다
견고한 슬픔의 근육이
좁은 길을
만든다

오선지 속의 풍경

― 유정에게

잿빛 창문을 넘어 저우산*에 이른다
파도가 소금물의 시간을 밀고 당기며
바다 위 종횡으로 떠 있는 섬들을 읽어준다

누군가 부리고 간 검게 젖은 모래 위에
지고 온 물혹의 뙤약볕을 내릴 동안
상처로 패여진 동굴에선 늙은 쑥이 자란다

부드러운 허무 속에 거북이 알을 낳는다
모든 집은 견고한 동굴이 낳은 알이다
바람결 야자숲처럼 거북등도 흔들린다

웃는 아기 거북은 엄마 거북 흉내 내고
웃는 엄마 거북은 아기 거북 흉내 내며
두 개의 느린 악보가 모랫길을 넘는다

* 저장성, 항저우 동남쪽 섬.

실내악

가을 아침, 전깃줄에 새들이 앉았다

피아노
바이올린
비올라
첼로

가볍다
코르크 마개처럼
하염없이
그 사람,

삼랑진

엄마 떠난 옛집에 큰오빠가 들어와
늙어서 쪼그라진 철도 관사 인간서럼
사거리 시장통으로 풍금처럼 다닌다

느티나무 역전거리 밥집이 있던 자리
곱단 언니 낙원여관, 삼출이 집 돌아서
백산댁 썰매 타던 연밭, 기타 메고 다닌다

딸기밭 찾아오던 휴일의 부산 사람도
낙동강 강나루 이모네 왕버들도
만어사 미륵전에 서면
호, 저기 아직 보인다

낙동강역에서

흐린 눈으로 추억을 읽는 동안
휘슬소리 끊으며
전라행 막차는 가고
목이 긴 내 그리움도
창백한 진주로 간다

상좌처럼 기다리던 사람도 개찰을 하면
마가목 우듬지엔 저녁별 돋아나고
머물던 추억도 따라 기차에 실려 간다

강 건너 먼 거리의 닿지 못할 사랑아
나는 또 눈 뜨고 꿈꾸는 사공이 되어
도요새 발자국 따라 모래강 저어간다

사랑에게

― 만어사에 와서

몇 겹 생애
바다를 지나
이 산 기슭
먹바위 되어

까맣게
타는 마음
너덜겅 따라
흐르면

한 번은
흙으로 바스라져
우리는 섞이겠는가

이 저녁
그대에게
보내는
늦은 편지엔

산머리
곱게 접힌
노을이
묻었나니

귀 먹고
눈 먼 모래등에서
우리들 천 년 걸음은

서쪽, 젖어서 더 푸른 잔디길 지나며

쌍무지개 떠 있다
아름다운 인연의 다리

웃는다
걸으며
노를 젓고
새에 실려서

화병에 꽂힌 해바라기
시들어 갈 동안에

저 봄비 맞으면

저 봄비 맞으면 누구라도 촉이 트일라
세상 너머 딴 세상 가듯 신발 묶는 날에는
영혼도 아파서 숨질 고운 사랑 보일라

불면의 해초들이 뒤척인 저 바다
섬들은 한 조각의 구름을 문신하고
짓눌린 등짐을 진 채 꼽추춤을 추는구나

막 생리를 시작한 자작나무 물빛 알몸
저 봄비 맞으면 죄 없이도 등이 켜일라
비 맞고 비에 씻기워 환한 사람 그립다

러시아 인형

잊지마
나 여기 있어
물망초 향기처럼
긴 추위
언 길 지나
북국의 목각인형
그 몸속 둥근 방마다
한 가지 말 담았네

꽃 진 자리
기억을 두려
푸른 잎새 남기듯
잠들지 못한 날은
커져만 가는 부피로
너에게
어린 강물 흐르듯
늦도록 가고 있어

앙상한 오후

오늘 저 유리문을 구름이 지나간다
짝사랑에 갇힌 붕어 수화를 건네오는
가을도 등이 가려워 잎을 내리는 지금은

등나무도 꽃잎 지고 주인 없는 여백만 남아
버려 둔 반지처럼 먼 허공 돌이 되어
구월의 어느 문간에서 귀뚤귀뚤 저문다

피리 부는 짝퉁

동에 떠서 서로만 지는 태양의 편견이
앞마당 포도나무에 촘촘히 알을 실었다
어린 날, 호기심과 상상이 묻힌 무덤가에

직립의 생식기들 붐비는 도시의 숲
밤새 까마귀는 구운 문자를 배달하지만
사랑은 지붕 위에 핀 시한부 구름일 뿐

생일을 기념하듯 촛불은 구름을 켜고
검은 식탁에 기대어 졸고 있다
쟁반 위, 떨어져 고이는 초침
사과 씨를 태운다

그런 어떤 사월 오후
속눈썹에 걸리는 낮잠
낮잠 속 떠나가서 나 돌아오지 않으리
않으리, 침 뱉으며 저기 사과 씨 떨어진다

회전문 지나며

어머니 불더미 건너 갠지스강 가시더니
소식 대신 북풍 되어 오늘 내게 이르시네
나랑도 익숙한 표정으로 거울 속에 계시네

삭사울나무 깊은 숲이 한숨으로 스러지듯
늦은 봄, 나 또한 황사로 져내려서
아무도 두드리지 않을 그믐달이 되리니

세상은 깃들 수 없는 그림자의 사원이라고
작은 날개 저으며 쓰르라미가 말하네

구름 속, 백 리 외길을
꽃잎 한 장
가고 있네

잇단음표

엄마 말이 나더러 다리 밑에서 주웠단다
마을 밖 30리 길 다리 건너 다리 아래
곰보네 유리병에서 매미처럼 왔단다

그날부터 다리에 서면 엄마 방 내려다본다
이 빠진 피아노와 얕은 잠의 세간들
슬픔의 계보가 적힌 수첩의 반을 넘긴다

이제 나는 전문적으로 의자를 만든다
조개와 해초와 구르는 돌과 낚싯줄로
폭풍과 태양을 섞어 긴 의자를 굽는다

저녁 새

빈 집에 돌아와서 리모컨을 누른다
거울은 마주 앉아 거짓말을 되풀이한다
창문에 떠 있는 의자
울까, 뛰어내릴까*

* 가고시마 지방의 속담.

4부

흰 실뿌리가 내린 정물화

투명한 유리잔에
바이올렛 꽂혔다

한 잔의
집이 있다
무수한 뿌리가 엮은,

미답의 황무지에도
마침내 길이 났다

수국

깊은 방에 붙잡힌 잠을 들어올린다
흰보라 청보라 셀 수 없는 얼굴 뒤로
두 개의 시계가 가리키는 생멸의 빛 캐낸다

뻣뻣한 가지도 잠시 꽃을 달고 묵도한다
천 길 물 속 알아도 제 갈피 모르는 우리
어두운 화원이 있는 상점들의 거리에서*

돌문을 두드리며 수국이 피고 있다
짧은 한철 수북이 꽃잎 실은 태양전차
낯설은 수화풍토水火風土여, 낯익은 웃음이여

* 파트릭 모디아노.

거미의 집

기다림은 지도 속 어느 길로 다가오는가
바람이 난간을 두드리는 벼랑의 집
파열된 자오선에 감겨 우리는 흔들린다

유리에 고인 풍경을 빠져나간 불빛마저
신호등도 주행선도 보이지 않는 길에 선 채
이제는 통증의 집으로 돌아오지 않는다

태양은 척추 가득 낯선 길을 산란하고
축포처럼 허공을 돌다 사라질 생의 무늬
네게로 가 닿지 못한 내 언어가 표류하는 섬

구경하는 집

한 차례 태풍으로
모델하우스 무너졌다
파티복에 휘감겨
화사했던 인형처럼
꽃단장 관 속을 비추던
노란 조명도 꺼졌다

비뚤어진 아가미에
하늘 조각이 물려 있다
구경꾼을 호리던
밀납의 시간 끝
계단엔 걸음이 늦은
행운목도 쓰러져있다

씽챠오, 별다리 마을

아이들이 자몽나무 가지에서 놀고 있다

마을의 정원사는 남풍 속의 뙤약볕,
어둠이 별다리 건너면 월계꽃도 환한 곳

방생하듯, 시간의 오랏줄을 풀어내듯
난쟁이 서향 나무 분재줄 끊어준다

갈대는 가지 치지 않아서 흔들려도 아름답다

가족사진

밤길을 통과하려는 한 줌 촛불이 탄다
불빛이 메아리처럼 사방으로 번진다

저 들판, 강과 마을 사이
건너야 할
물 깊다

새가 된 재크는 콩나무에서 지저귄다
지상에서 하늘까지 사다리가 자라고
보랏빛 콩꽃이 탁탁 축포로 피어난다

아득히
간지럽고
그리운
은하에서
바람도 넝쿨 불며 초록집을 들어올린다

한 그루 붉은 나무가 언덕 위에 서 있다

담장이 달려오네
— 지석묘

그녀 뼈를 다듬어 둥근 돌을 구웠네
마지막 인사처럼 따뜻한 사진처럼
푸르러 통증만 깊은 날들 단단히 가두려했네

돌의자에 앉아
돌거울을 보았네

입구가 된
우물이 된
권태가 된
환멸이 된

폐선의 무게가 된 집
3류 소설을 마치듯

언덕에, 빈 들의 이삭처럼 집이 있었네
돌로 듣고 돌로 읽고 돌로 짓던 돌의 지옥
신전神殿은 무덤이었네
돌에 맺혀 구르던 그녀

유적

줄무늬 커튼 너머 삐에로가 퇴근을 한다
등을 따라 비애의 넝쿨이 출렁인다
배설된 추억을 몰고 가는 쇠똥구리 보인다

견고한 내 무덤도 기우뚱 멀미를 한다
나는 하얀 신호등의 거리를 산책하고
줄무늬 커튼 앞에선 삐에로가 분칠을 한다

맹목의 시간이 자라던 뜰을 지나
이제 너는 내 낡은 계단을 내려온다
세상은 저기에 있고 나는 여기 영원에 있다

너의 우산이 되리니

83

한 그루
새를 보네
조롱 속에
심어 가꾼 새

이반성* 수목원
검은 머리 독수리

만인의
만유에 대한 사랑
저 가학적인
저 위험한,

* 이반성 : 경남 진주에 있는 수목원.

중력

돌아 갈
주소를 잃은
그는 늘
벙어리다

비 내려
웅덩이 패인
곰보 같은
세상을

따뜻한
가슴 내밀어
품고 있는 두꺼비

안 보이는
꼽추 등엔
슬픈 문신도
아프지만

손 비비는
흡혈하는
파리모기
매립지에서

상심한
흙을 가슴에 얹고
화병처럼 서 있다

종이가방

제삿날 전등 아래
하루살이가 날았다
하루치 생이 타는
비애의 냄새가 났다
불의 혀
불의 손길에 취해
불을 따라 비틀거렸다

밤을 잃은 부엉이처럼
생은 대체로 우울했다

헤드라이트가 비추는
유일한 빛의 길을
문명의 종이가방이
낭만적으로
휘달린다

선인장 속의 집

슬픔이 신고 다니던 하이힐이 없어졌다
그날부터 깔고 앉은 자리가 집이 되었다
새들도 오지 않는 탑
시간마저 끊겼다

아득한 모래언덕
빈 방이 자라는 집
처음부터 매듭으로
기둥을 세운 집
허공이 드나드는 집
문패도 목이 마른

햇빛은 신들의 이미지를 반짝이고
문득 찾아드는 전갈마저 눈물겨워
설익은 가시 손으로
연꽃처럼 보듬는

3월

봄볕을 받고 난 뒤
그 집 벽이
갈라졌다
갈라진 틈새로
작은 새 깃들었다
싱싱한 지저귐으로
검은 하늘
적신다

생일

찬 서리 내리고
지붕 가득 눈발이 치자
함께 놀던 김, 박, 이
친구들도 떠났다
겨울이 모든 길을 끊었던, 몇 해가 지나갔다

눈 그치고 듬성듬성 드러난 길이 어설퍼
경을 읽듯 마당에
사막을 재배했다
사막을 죽이며 긍정하며
몇 해가 꼬박 갔다

텅 빈 무대 위
대본 없는 배우 같았던
사막이 마침내
더운 발성을 토해낼 때
긴 잠의 빗장을 열듯
모래꽃이 피었다

편지

이별의 열쇠로만
저 빈 방은 열립니다

벽이 있는 방
벽뿐인 방에 와서
비로소 그대를 향해
깊숙이 들어섭니다

조용히 타오르는 벽
벽은 화분입니다
벽을 타고 넝쿨처럼
그리움이 자랍니다

긴 겨울, 오르는 저녁 연기에
매번 눈이 맵습니다

슬픔

푸가 A단조로
빈 가지 흔들던 바람
오늘은 창마다
안개를 풀어놓는다
닦아도
닦아도 흐린
하늘 한 장
걸어놓는다

5부

맨드라미 핀 집

집아, 빈 바구니 같은
너와 내가 한낮토록
온몸 불 싸질러
어둠을 태우지만
네 둥지
내 벼슬도 몹쓸
이 망가짐 어쩌니

초충도 草蟲圖*

거울 속에
파란 나비의 사체가 걸려있다

소심한 미모사
숨어 있는 핼쑥한 뜰

무거운 생의 부패가
향기로운 배경이다

태양이 수레 가득
재활용 아침을 싣고

시지프의 신발에
무지개를 배달한다

죽음이 나팔꽃을 메고
서창을 낄낄 넘는다

* 신사임당의 대표작, 풀과 벌레를 그린 그림, 열 폭 병풍으
로 전해진다.

얼음새꽃[*]

지상의 집 한 칸이란
내게는
아득한 불빛

가물거리는 명왕성처럼
점으로만 흐르는 방
그런 방, 그런 봄밤에
낯선 음표 보인다

돌과 얼음 속에서도 꽃은 눈을 뜨는가
지친 몸을 흔들어 무성하게 일어서는
초록의 부드러운 힘
벽을 막 넘고 있다

[*] 복수초라고도 함. 이른 봄, 깊은 계곡 얼음 속에서 피는 꽃.

해녀

까마귀 한 무리가
검은 하늘 끌어 온다
터벅터벅 기린을 몰고
그녀는 노을로 선다
햇빛에 가려진 길이
하나 둘 일어난다

기린의 목에서도
등불처럼 별은 돋아
파도 너머 먼 집이 그렁그렁 맺힌다
그녀가 휘파람 불며 바다를 턴다
꿈이다

잔등

거리에 여우비도
간간히 흩뿌리던

가을 저녁 창문으로
새 한 마리 날아 왔다

트랙을 벗어난 박쥐
길 잃고 들어선 길

헛된 무지개빌딩
공사 중인 도시 끝

세상에서 가장 슬픈
먹빛 날개를 달고

부서진 별 조각 찾아
폐공장을 떠돌던

그 잔등 적셔 줄
따뜻한 어둠이 없어

생이란 모래둥지
시간 밖을 돌 수밖에

잘못 든 길은 없더라
문밖에 너를 놓는다

저울의 한 쪽

온종일 게걸스레 햇빛을 먹어치워도
죽음의 무게에서 이만치 나는 버겁다
새하얀 잎맥으로 남은 발가락이 지도 같은

삶이 물컹한 비린내를 풍긴다
집안 가득 유충과 파리 떼의 진법 속에
기둥이 움찔 삭아 내린 후
그 어둠에 몸 섞으며

상처가 길을 낸 숲
키 작은 들꽃처럼
슬픔과 배반과 그리움과 후회를
바람의 성전에 뿌린다
낮은 집이
가볍다

홍수

가던 길 끊어지고 망설임도 떠내려갔다
세상의 골짝에서 숨어살아 온 분노들이
황토빛 목젖을 열고 마을을 점령했다

플라스틱 꽃들이 언덕에서 위로할 동안
새로 그린 지도에는 멍든 섬이 주저앉아
그 상처 걷어내려는 송사리 떼 분주했다

나는 기슭을 주억거리는 종이배였다
쓸쓸히, 나를 세우던 들판도 집도 사라진
확성기 위험 경보만 출렁이던 생애의,

강

낮고 깊은
첼로 소리 흐르는 집

이미 내가 붙들려
삐걱이며 낡아가는 집

안개 벽 기어 나오는
희고 검은 시간의 집

강물이 뜬눈으로 흔들의자에 앉아서
길 잃은 양떼 몰듯
내 잔뼈 몰아가는 집

장밋빛 악보에 실려
허둥실 쪽배
떠 가는 집

스펀지 집

긴 비 온다
아열대의 지우개
다 지운다
가는 비 굵은 비
이름 없는 빗길 걷다
네가 준 우산을 편 채
나는 강에 버린다

흙탕 일으키며
시간도 퉁퉁 불었다
이를 닦는 비파나무 사이로 숲에 들자
근엄한 부엉이 눈빛
서쪽에서 풍긴다

저녁이다
우리가 젖은 신발 벗어 올려 둘
숲에는 검은 주춧돌이 있으리라
오래된 나침반처럼
나 끄득이며 웃는다

달

유배지 벽에 기대어
연못은 꿈을 꾼다
가고 오는 때를 알아
새는 깃을 치는데
발 다친 실개천 하나
서랍에서 꺼낸다

나를 잃은 길이 돌아와
창 밖에 문득 섰는지
마음은 잔바람에도
물이랑이 번지고
개나리 울타리 위로
하얀 달이 떠 있다

고도, 2016

그는 벼랑과 벽이 있는 길을 낸다
나는 그 길 녹나무 가로수를 가꾸면서
주문한 희망이 배달 중인 걸 다시 확인한다

빈 항아리 내부처럼 견고한 구름 속에서
정원사는 흰 고무신을 나무마다 신긴다
연초록 성냥을 켜며 늦겨울을 닦는 잎들

검은 이끼 두르고 찬바람 두드리며
강가 복숭나무에 누렇게 걸려있는
찢어진 비닐 사이로도 삼월은 올 것이다

마를린 맨슨

— 악상 3

알타미라 벽화에서 막 나온 들소처럼
폭우 치는 무대 위 저어라 노 저어라
이 바다 녹슨 열쇠를 낚는 한 어부를 보아라

외눈박이 원숭이 떼 새빨간 화장하고
잔잔한 그 물가 바나나가 자라네
진부한 서커스를 위해 어둠을 굴리고 있네

우리들의 빙하기 검은 막이 내릴 때까지
먹먹한 가슴 두들겨 노래로 빚어내는
먼 데서 쓸쓸한 가인이 악보를 펴고 있네

순천만 갈대

— D의 노래

먼 길 혼자서 오래토록 떠내려 와
젖은 아랫도리 찬바람도 잊은 듯
괜찮아 괜찮아하며 환하던 손사래

물길 없는 깊은 잠속
은빛을 불러내어
바람에 구멍 내고
피리를 만듭니다
새하얀 꿈을 저어 갈
뱃노래 빚습니다

하인리히 슐리만

"예러는 틀림없이 트로이를 보았어요"
"애야 이 그림은 상상으로 그린 거란다"

3천 년 전설을 깨운 헨리
독일의 눈 맑은 아이

에게해 언덕에서 잃어버린 그리움 찾아
그의 생은 잘리고 막히고 되일어서는
아홉 개 말릂을 부리는 만 갈래 꿈속이었다

한때 그의 신기루는 천대받았고
명함 없는 가슴이 돌팔매로 무너질 때
찢어진 지도에서는 파도가 드셌다

상처는 움집처럼 둥글어지고 환해졌다
해가 뜨자 싱싱한 깃털도 피어났다
황금빛 역사를 짚고
여기 그가
웃는다

비가역적, 시간의 엔트로피

높다란 괘종시계에 집이 한 채 매달려있다
햇볕이 구워내는 물렁물렁한 잎새 사이
소리도
향기도 아닌
무늬 없는 그가 있다

그는 애인에게 추억을 각색하거나
미래를 빌려와서 환상을 선물하지만
누구나 그의 비어가는 창고를 알고 있다

그는 가끔 취한 듯 시간을 휘뿌렸다
뒤집힌 엿판처럼 시간이 나뒹굴었다

어느 날 포승줄에 묶인 수의 입은 그를 보았다

다도해

소리로
문자로
복제되고
증발이 된
가공의 도시에서
안팎 없이 넌출대는
너와 나, 출구를 찾아
떠다니는 꿈과 꿈

붉은 모래사원
그림자가 걷는다
미끄러지며
돋아나며
오, 불속
월·인·천·강·지·곡
달이 주렁 돋아라

■해설

헌집과 새집,
죽음의 변증법적 사유방식

이지엽

시인 · 경기대 교수

　문희숙 시인의 작품에서는 '집'의 의미가 각별하게 다가온다. 집은 기후의 변화 등 외부 환경으로부터 가족의 생명과 재산을 보호하여 안전하게 지켜주는 공간이다. 더 나아가 가족의 건강 유지와 쾌적한 주거생활을 영위하기 위한 취사 · 청소 · 세탁 등의 가사 노동이 이루어지는 곳이다. 그래서 집은 기후 변화는 물론 태풍이나 지진과 같은 자연적인 재해와 화재 · 도난 · 폭발 사고 같은 인위적인 재해로부터 피해가 없도록 안전해야 한다. 또한 생활하기에 편리하고 능률적인 주거 환경을 만들기 위해서는 과학적이고 합리적인 능률성과 함께, 가족의 건강 유지와 쾌적한 생활을 위해 적절한 채광과 통풍 및 냉난방 등 쾌적성을 지녀야 한다.

그러나 시인은 이러한 물리적인 정의의 집만을 의미하고 있지는 않다. 집 밖의 길에서 만나는 집, 귀소본능으로서의 집, 마지막 돌아갈 곳으로서의 집 등을 내포하고 있다. 이 집의 여정을 따라가보는 것이 그녀의 시를 이해하는 좋은 방편이 될 수 있으리라 생각된다.

1. 집의 원형, '석류알'과 '올리브 두 그루의 사원'과 '삼랑진'의 집

문희숙 시인의 '집'에 대한 관심은 단순한 것이 아니라 20여년 이상 지속되어온 중심 모티프이다. 등단 작품인 「독가촌을 지나며」에서도 집이 등장한다.

빈 집 장독대
고요가 모여서
탱탱한 석류알을 키우고 있었구나
양철문
가시울타리
다 부서진 담장 안에도
— 「독가촌을 지나며」 전문

누군가 살다가 그만 떠나간 빈집을 그려내고 있다. "양철문/ 가시울타리/다 부서진 담장"의 폐가를 담담하게 그려낸다. 중요한 것은 모든 것이 다 무너진 뒤에도 익어가는 "탱탱한 석류알"이다. 다 떠나간 황량한 빈 집이지만 그대로 끝나는 것이 아니라 거기에서 새로운 생명이 돋아나고 있음을 보여주고 있는 것이다. 이 빈 집의 의미는 시인을 계속 따라다니면서 또 다른 변주를 보여준다.

> 빈 집에 돌아와서 리모컨을 누른다
> 거울은 마주 앉아 거짓말을 되풀이한다
> 창문에 떠 있는 의자
> 울까, 뛰어내릴까
>
> —「저녁 새」 전문

그 빈 집은 시인을 늘 따라다닌다. 거울이 "마주 앉아 거짓말을 되풀이"하는 이유는 그만큼 믿을 수 없는 상황들이 연속되는 실상을 보여주는 것에 다름 아니다. "창문에 떠 있는 의자"는 "양철문/ 가시울타리/ 다 부서진 담장"의 다른 이름이다. 시인이 닿고자 했던 집은 아마도 따뜻하고 부드러운 집이었을 것이다.

> 트로이 언덕 아래 신이 놀던 푸른 에게해
> 그 기슭 해풍과 황무지 사이에서
> 두 그루 올리브 나무 흔들리며 서 있다

바람도 어둠만치 참 사나웠다 끄득이며
심지 속 남은 향기 모두 다 탈 무렵에는
흰 배가 안개를 지나 소리 없이 올 거라고

목마도 신들을 태우고 떠난 바닷가
색 바래고 구멍난 잎사귀를 활짝 뻗어
두 그루 낡은 사원이 서로
마른 어깨 다독인다

— 「따뜻한 사원」 전문

이 시에서 "사원"은 "두 그루 올리브 나무"이다. 사원temple, 神殿은 대개 그리스도교에서는 교회라 부르고, 다른 종교에서는 신전이라고 명명하는데 신전은 사회에서 중요한 역할을 담당하기 때문에 신전 건축술이 종종 한 문화의 설계술 및 기예의 진수를 보여주기도 한다. 힌두교 신전은 대개 탑처럼 높이 솟은 사당과 정교한 벽으로 둘러싸인 큰 방으로 이루어져 있는 반면, 불교의 사찰은 화려하게 조각된 출입구가 있고, 반쯤 땅속에 들어가 있는 성전에서 단 하나의 조각된 탑 혹은 조상들에 이르기까지 다양하기 마련이다. 그런데 시인은 사원을 이야기한 것이 아니라 올리브 나무를 이야기했다. 사원이 천년을 간다면 올리브 나무는 얼마를 갈까. 스페인 바르셀로나 지역신문에 마드리드 대학의 연구로 카탈루냐 지역에 어떤 올리브나무의 수령樹齡이 1천 7백년이라는 것이 밝혀졌다.

그러니 올리브나무는 "트로이 언덕 아래 신이 놀던 푸른 에게해"에서 신이 놀던 것까지 다 봤을 것이고, 역사의 흥망성쇠 또한 다 보았을 것이며, 사원이 되고도 남을 것이다. 그 바닷가의 두 낡은 사원이 은근히 보고 싶어진다.

잿빛 창문을 넘어 저우산에 이른다
파도가 소금물의 시간을 밀고 당기며
바다 위 종횡으로 떠 있는 섬들을 읽어준다

누군가 부리고 간 검게 젖은 모래 위에
지고 온 물혹의 뙤약볕을 내릴 동안
상처로 패여진 동굴에선 늙은 쑥이 자란다

부드러운 허무 속에 거북이 알을 낳는다
모든 집은 견고한 동굴이 낳은 알이다
바람결 야자숲처럼 거북등도 흔들린다

웃는 아기 거북은 엄마 거북 흉내 내고
웃는 엄마 거북은 아기 거북 흉내 내며
두 개의 느린 악보가 모랫길을 넘는다
—「오선지 속의 풍경―유정에게」 전문

거북이는 알을 낳고 죽는다. 그러니 "부드러운 허

117

무"일 것이다. "모든 집은 견고한 동굴이 낳은 알이다"라는 진술도 죽음을 전제로 할 때 더 큰 설득력을 얻는다. 「따뜻한 사원」과 「오선지 속의 풍경―유정에게」을 읽으면서 필자는 최승자의 작품이 자꾸 오버랩 되었다. 최승자 시인은 여성의 몸에 대해 이야기하면서 "여자들은 저마다의 몸 속에 하나씩의 무덤을 갖고 있"는데 "알타미라 동굴처럼 거대한 사원의 폐허처럼/ 굳어진 죽은 바다처럼 여자들은 누워 있"음을 지적하면서 "모래바람 부는 여자들의 내부엔/ 새들이 최초로 알을 까고 나온 탄생의 껍질과/ 죽음의 잔해가 탄피처럼 가득 쌓여" "모든 것들이 태어나고 또 죽기 위해선/ 그 폐허의 사원과 굳어진 죽은 바다를 거쳐야만 한다."고 말한다(「여성에 관하여」).

말하자면 최승자는 모든 인간이 태어나는 여자의 몸이야말로 죽음과 탄생이 공존하는 공간이라는 것이다. 탄생이 곧 죽음이라는 역설은 "인간은 누구나 죽는다"라는 명제 때문에 가능하다. "새들이 최초로 알을 까고 나온 탄생의 껍질"과 "죽음의 잔해가 탄피처럼 가득 쌓여 있"는 현대의 공간을 여성의 몸으로 은유한 이 시를 통해 시인은 "무덤, 항구, 동굴, 폐허, 사원, 바다 등의 철자한 불모의 은유들과 맺어진" "주체성이 부인된 여성의 몸"을 이야기하고 있다.[1] 여기서

---

1) 김승희,『남자들은 모른다』, 마음산책, 2001, 21면

문 시인도 여성의 몸을 얘기하고 있는 것이다. "상처
로 패여진 동굴에선 늙은 쑥이 자"라고, 거북은 죽으
면서 알을 낳는다. 허무하지만 새로운 생명이 태어나
는 것이다. 그래서 모든 집들은 견고한 거북과 동굴이
낳은 알이다. 알집이다. 살아있는 집, 새로운 생명의
집이다.

엄마 떠난 옛집에 큰오빠가 들어와
늙어서 쪼그라진 철도 관사 인간서림
사거리 시장통으로 풍금처럼 다닌다

느티나무 역전거리 밥집이 있던 자리
곱단 언니 낙원여관, 삼출이 집 돌아서
백산댁 썰매 타던 연밭, 기타 메고 다닌다

딸기밭 찾아오던 휴일의 부산 사람도
낙동강 강나루 이모네 왕버들도
만어사 미륵전에 서면
호, 저기 아직 보인다

— 「삼랑진」 전문

사람에게는 누구나 지워지지 않는 풍경들이 있다.
아마 시인에게는 이 시의 풍경이 그런 것이리라. 중요
한 것은 인간의 풍정風情이 어우러진 곳이라는 점이
다. "늙어서 쪼그라진 철도 관사"지만 정스럽고 "느티

나무 역전거리 밥집이 있던 자리"와 "곱단 언니 낙원
여관, 삼출이 집 돌아서/ 백산댁 썰매 타던 연밭" 등
모두가 눈에 삼삼 어리는 공간들이다. 다시 갈수만 있
다면 가고 싶은 곳이다. 시인에게 집의 원형은 "독가
촌"의 쓸쓸함과 에게해 기슭의 올리브나무 두 그루의
낡은 사원과 "삼랑진"의 인간 풍정이 함께 어우러진
공간임을 알 수 있다.

2. 문명 공간 속의 집

그러나 시인은 현대 속에 얼키설키 놓인 삶의 길을
걸어가면서 여러 형태의 집을 만난다. 문명의 공간 속
에 그 집은 완벽을 추구하지만 쉽게 마모되고 부서지
는 순간의 집들이다.

몽마르뜨 어귀에서 24시를 파는 그녀
그들은 유리문 밀고 일상을 골라 사지만
그녀는 그들에게서 하루치 쇠락을 번다

몇 개의 낱말들이 간판을 수식한다
말씀을 터놓자면
무어든 파는 집이죠
마모된 그녀가 진열되는 지폐의 물레방앗간

그들이 한 그루의 등불을 사갈 때마다
그녀의 필라멘트도 환하게 낡아간다
동백꽃 꽃등 하나가 봄바람에 지기까지는
—「편의점에서」 전문

편의점은 그야말로 무엇이든 파는 편리한 집이다. 하루 종일 지칠줄 모르고 소비가 이루어지는 곳이다. 시인은 이 장소를 "하루치 쇠락" "마모된 그녀"와 아울러 "필라멘트도 환하게 낡아간다"고 이야기한다. 부식되면서 마모되어가는 현대 문명의 날아가는 군상을 편의점을 통해서 보여주고 있는 셈이다.

위험에 중독된
그의 집은 벼랑에 있다
안개의 높이에서
뭉툭해진 저 발굽
비탈이 깎아 세운 불안은
그의 생을 가둔다

양삭에서 계림까지
날개 없는 흰나비,
마른 바윗길
삶의 은유도 지칠 무렵
배고픈 짐승 한 마리
공중에 부양 중이다
—「산양」 전문

세상의 모든 집 중에서 "산양"의 집처럼 위태로운 집이 어디에 있겠는가. 늘 생명의 위협으로 공격당하기 쉬운 그의 집은 벼랑에 있다. 뿐만 아니라 그의 생존방식은 "안개의 높이에서/ 뭉툭해진 저 발굽"처럼 그리고 언제나 "비탈이 깎아 세운 불안"과 함께 생존해간다. 시인에게 삶은 마치 "배고픈 짐승 한 마리" 곧 산양이라는 것이다. 앞이 잘 보이지 않고 어려움에 봉착할 때나 진실이 자신의 삶을 자꾸 외면할 때 우리는 언제나 길을 잃고 헤매던 "배고픈 짐승 한 마리"에 불과하다.

나는 먼지와 돌을 뭉쳐 만든 그의 마네킹
그는 매일 거울 속에서 나를 갈아 입힌다
목 없는, 표정 없는 내가 구름만큼 빛난다

나는 유리의 집 조명 속을 헤엄치는
스핑크스 놀이나 안개게임 전문가
안개가 두꺼울수록 게임도 필사적이다

단 한 벌의 문도 없는 내 유리의 사원에
저녁이면 추억의 가로등과 골목이 피고
그 골목 전봇대 곁을 나는 그림자로 서 있다
—「사계절 후」 전문

더욱이 우리는 모든 것이 추적 가능한 투명한 세계

에 살고 있다. 깊숙이 숨으려 하지만 소득이 공개되고
사생활이 해부되는 유리의 집에 살고 있다. "스핑크스
놀이나 안개게임 전문가/ 안개가 두꺼울수록 게임도
필사적"일 수밖에 없다. 표정을 가져서는 안 된다. 되
도록 감정을 감춘 채 마네킹이 되어 서성여야 한다.
출구가 없는 유리의 집, 전봇대 옆에 또 다른 목 없는
전봇대가 되어.

하늘엔 막달라 마리아의 빗이 떠서
붉은 눈의 여자를 가만히 빗고 있다
등대는 시들어가고 길은 모두 얼었다

그녀는 비누였다
행인의 발을 닦는
고향 가는 차표를
부적인 듯 꺼내보던
그 이마 마른 강줄기
모래가 서늘하다

지아비를 아편에 잃고 아들도 간데 없어
문 닫힌 산 집의 그림자를 목에 걸고
다 저녁 취한 걸음마로 날개 한 벌 달라한다
　　　　　　　　　　　　　─「카프카의 목걸이─절강성 일기」 전문

야시가 울고 있다
등 뒤 벽이 푸르다

치뜬 눈은 어제까지도 이웃을 성토하거나
웬만한 손님쯤이야 들고 놨던 그 여자

오늘은 손이 없어 세살박이가 다쳤다
볼을 꿰맨 아이는 무릎에서 잠이 들고
밑져서 본전이 아닌, 셈 없는 상처가 깊다

열여섯 집을 나와 시장판에서 굵은 잔뼈
스물 셋에 가게도 연, 별명조차 당찬 야시
눈물이 계산대 아래 연꽃을 피우고 있다
　　　　　　　　　—「내 이웃 즈쿼쿼—절강성 일기」 전문

　시인은 멀리 타지에 나가 새로운 삶을 개척하였다. 아무런 연고도 없이 다시 시작하는 생업이었으니 얼마나 절박하고 어려웠으랴. 이 이국에서의 고단한 삶을 "절강성 일기" 연작에 담고 있는데 자신의 어려움보다는 오히려 이웃들의 아픔을 적고 있다. 「소녀—절강성 일기」에서는 "벌이 나온, 작고 까만 하이난 소녀"가 "설 춘절 귀향에 입을 한국 옷이 참 탐나" "들었다 놓기만 몇 번"이나 하여서 결국에는 종이백에 싸서 이들 위로하며 보내고 있다. "가녀린 어깨가 꼭 내 아이만 같아서"이기 때문이다. 말하자면 시인은 따스한 온정을 지닌 시인이다. 이 점은 「독가촌을 지나며」의 등단작에서부터 일관되게 보이는 시정신이기도 하다.
　「카프카의 목걸이—절강성 일기」에서는 "지아비를 아

편에 잃고 아들도 간데 없어/ 문 닫힌 산 집"의 이야기
를 들려주고 「내 이웃 즈웬줸─절강성 일기」에서는 "열
여섯 집을 나와 시장판에서 굵은 잔뼈/ 스물 셋에 가
게도 연, 별명조차 당찬 야시"가 "볼을 꿰맨"세살박이
자식을 무릎에 재우며 울고 있는 모습을 담담하게 담
아내고 있다.

젖은 눈에 보랏빛 구름이 돌던 그녀가
불규칙한 걸음으로 계단을 오르던
문밖의 집이 되지 않으려
뒹구는 길 쓸고 있다

세상의 모든 길머리는 집을 향하지
나 그 향기 잔그물에 혹여 손목 잡힐까봐
비포장 외딴 허공을 울텅이며 가고 있다

꽃대 속에 감춰 익힌 향이라도 꺼내 줄게
만 개의 창을 열어 새들을 내 놓을게
줄 타는 내 신명을 위해 허공 한 뼘 준다면
─「등나무가 있는 뜰」 전문

시인은 늘 세상 속의 길을 걸으면서도 "문밖의 집
이 되지 않으려/ 뒹구는 길 쓸고" 또 쓸었으리라. "비
포장 외딴 허공을 울텅이며" 온전한 집을 위해 "꽃대
속에 감춰 익힌 향"과 "만 개의 창"의 새들을 다 내 놓

는 희생을 감수해왔을 것이다. 그러나 그 집이 단순하
고 쉽게 다가오는 것은 결코 아니었다.

3. 헌집과 새집 죽음의 변증법적 사유방식

문희숙 시인의 '집'이 보다 더 의미를 갖는 것은 과
감하게 죽음의 의미를 담아내고 있다는 점에서이다.
사실 집은 가족 간에 사랑과 믿음을 나누고, 가족이
함께 모여서 즐겁게 지낼 수 있는 장소이지 않은가.
그래서 인간이 삶의 긴장감을 해소시키고 정신적인
안정을 얻을 수 있는 곳이 바로 집이다. 더욱이 집은
다음 세대를 이어 갈 자녀를 양육하는 터전이기도 하
다. 그런 의미에서 집을 죽음과 연결시키는 것은 상당
히 어패가 있고 어긋난 병치적 연결이 되기 쉽지만,
과감히 이를 담아내고 있는 것이다.

어릴 적 모래 속에 한 손을 묻고 주문했네
'두껍아 두껍아 헌 집 줄게 새집 다오'
폐허를 배양하는 노래, 나 사막에 심었네

수퐁나무 꼬치에 꿰어 돌집 그예 말라 죽는
앙코르 왓, 타 프롬 사원, 그 유적 보고 말았네
시퍼런 밀림의 혓바닥이 채찍을 휘두르는

복수의 연어들이 수맥 따라 돌아와서
크메르 문을 뜯고 담벼락에 걸터앉았네
해골이 수퐁나무에서 지저귀네 경을 읽네

망치 든 시바신이, 목신木神의 혼령들이
사원 가득 피 흘으며 4백년 축제 중이네
검게 탄 벽돌도 한사코 엎드려 집을 지키네

매듭으로 숲과 집이 서로 칭칭 묶인 공포
집들의 묘혈은 이곳에서 시작되었네
새집은 헌 집의 무덤 나는 착한 집의 노예
　　　　　　　　　—「시바에게—타 프롬의 묵시록」 전문

　‘두껍아 두껍아 헌 집 줄게 새집 다오’는 어린 시절 우리가 많이 불렀던 동요이다. 그러나 사실 ‘헌집’과 ‘새집’의 의미에는 죽음과 삶의 의미가 내포된 것이라 볼 수 있다. 앙코르 왓 밀림에서 발견된 9C~13C의 크메르족의 타 프롬 사원은 "수퐁나무 꼬치에 꿰어" 집이 말라 죽는 "매듭으로 숲과 집이 서로 칭칭 묶인 공포"가 지배하는 곳이다. 타 프롬은 동서 1km, 남북 600m의 주벽으로 둘러싸여 있다. 거대한 나무가 사원을 감싸고 있고 사원 내부로 들어갈수록 나무로 인해 붕괴된 곳이 많아 통행이 불가능한 곳이 많은데, 중요한 것은 폐허가 된 사원이 시간의 흐름에 따라 자연과 하나가 된 모습을 보여주고 있다는 사실이다.

그리하여 새집은 헌집의 무덤이지만 자연과 집이 온전히 하나가 되어 완전자의 집을 만들고 있는 것이다. 따라서 헌집은 소멸의 의미로만 볼 것이 아니라는 점을 이 작품은 분명하게 보여주고 있다. 헌집이 새집으로 탈바꿈하는 기적은 현대판 리모델링에서만 가능한 것이 아니라는 것이다. "새집은 헌 집의 무덤 나는 착한 집의 노예". 음미해볼수록 명구라는 생각이 든다.

> 떠난 나는 볼가강이 보이는 성문 아래
> 물방앗간 빨강의자에 푸르게 앉아서
> 나비의 엽서를 보며 코담배나 피겠지
>
> 오늘 이 아침에 그림 속 새가 와서
> 발코니 설탕 같은 햇살에 이불 널고
> 샛강이 하 많은 마을의 풀밭길을 걷는다
>
> 걷다가 두둥실 떠나는 나를 구경한다
> 이마 위 겨우살이 둥지처럼 이고 있는
> 숲 저편 안개강 쪽배에 죽은 나 실려간다
>
> 다 못한 숙제라도 남은 듯한 표정으로
> 꽃치마 펄럭이는 내 앞을 스치듯이
> 마지막 이사를 가는 나를 뻔히 구경한다
>
> — 「고무인간」 전문

시적 자아는 또 다른 죽은 자아를 바라본다. 죽은 자아를 바라보는 시적 자아의 마음은 슬프거나 애닳지 않다. 오늘 이 아침에도 아무렇지 않게 "그림 속 새가 와서/ 발코니 설탕 같은 햇살에 이불 널고" 한가로이 "하 많은 마을의 풀밭길을" 걸으니 평화롭기 그지없다. 오히려 담담하고 무미하다. 아, 저기 죽은 내가 실려 가는구나. 마지막 이사를 가는구나. 죽음마저도 집과 짐이 다른 거처로 옮겨가는 "이사"로 인식한다.

지상엔 눈발처럼
죽음이 내립니다
이 사막 염천의 날
내 그늘 대신 하던 이
따뜻한 우산을 펼처
그 잠을 받습니다

뜨락의 검은 물가
달로 피는 하얀 집
죽음이 삶 안에서
삶이 다시 죽음에게서
어여쁜 반려인 것을
뭄 타즈마할
아시는지요

—「타지마할」 전문

타지마할은 '마할의 왕관'이라는 뜻으로 인도 최대

의 이슬람 제국이었던 무굴 왕조의 5대 술탄 샤 자한이 왕비 뭄타즈 마할을 위해 만든 무덤이다. 인간이 만든 최고의 집인 무덤이니 그 안에 삶과 죽음이 공존하는 것이라 볼 수 있다. 샤 자한은 왕비 뭄타즈 마할을 너무 사랑한 나머지 잠시도 그녀 곁을 떠나지 않고 전국 순회 여행과 심지어 정복 전쟁에까지 그녀와 동행하였는데, 그녀가 그만 열다섯 번째 아이를 낳다가 서른아홉의 젊은 나이로 세상을 떠나고 말았다. 샤 자한은 그녀의 죽음을 슬퍼하며 그 슬픔을 달래기 위해 모든 예술적 정열과 국력을 쏟아 22년 동안 그녀의 무덤 궁전을 지었다고 한다. 이것이 바로 타지마할이니 죽음이 서로를 갈라놓을지라도 영원히 사랑하고 싶은 것이 인간의 마음을 건축물로 표현해놓은 것이라 할 수 있다. 시인은 이 신비의 타지마할을 "뜨락의 검은 물가/ 달로 피는 하얀 집"으로 묘사한다. 동시에 "죽음이 삶 안에서/ 삶이 다시 죽음에게서/ 어여쁜 반려"임을 이야기한다.

삶이 정正의 인식이라면 죽음은 반反의 인식일 것이다. 정正의 단계란 그 자신 속에 실은 암암리에 모순을 포함하고 있음에도 불구하고 그 모순을 알아채지 못하고 있는 단계이며, 반反의 단계란 그 모순이 자각되어 밖으로 드러나는 단계이다. 그리고 이와 같이 모순에 부딪침으로써 제3의 합合의 단계로 전개해 나간다.

마치 타지마할이 죽음을 죽음으로 바라보지 않고 영
원한 부활을 상징적으로 구축하여 나아가듯이.

그렇다면 '집'의 여정이 이르는 곳은 어디일까. 결
국 '집'에서 길을 나서 길의 '집'을 지나, 죽음의 '집'을
지나, 새 '집'으로 오는 것일까.

무반주 그레고리안 성가처럼 흘러든다
둘레를 깎아내고 모난 돌을 다스리는 힘
전신에 솟아오르던 바위
다시 삭아
평원이다

—「물」전문

"전신에 솟아오르던 바위/ 다시 삭아/ 평원"이 되어
있는 물의 '집'을 보여준다. "모난 돌을 다스리는 힘"이
"무반주 그레고리안 성가처럼 흘러" 들어 화평을 이루
는 소금이 된다는 것이다. 그러니 물은 빈 집이어도
상관이 없다. 다 마모되어 없어져도 "탱탱한 석류알"
의 독가촌일 테니, 에게해 기슭의 올리브 두 그루의
사원이거나, 삼랑진의 사거리 시장통 혹은 만어사 미
륵전 쯤일 테니. 거기가 집의 본향인 셈이다. "탱탱한
석류알"의 집, 올리브의 늙은 사원들이여, 삼랑진의
인간 풍정이여! 생명의 집으로 영원할 진저! ▨

문희숙

경남 삼랑진에서 태어나 창원대학교 국문과 및 동 대학원 졸업했다. 1996년 중앙일보 지상백일장 연말 장원으로 등단했으며, 2007년 제1회 오늘의시조인 상을 수상했다.

| 한국대표정형시선 043 |

짧은 밤 이야기

초판 1쇄 인쇄일 · 2016년 09월 23일
초판 1쇄 발행일 · 2016년 10월 07일

지은이 | 문희숙
펴낸이 | 노정자
펴낸곳 | 도서출판 고요아침
편   집 | 김남규

출판 등록 2002년 8월 1일 제 1-3094호
03678 서울시 서대문구 증가로 29길 12-27 102호
전화 | 302-3194~5
팩스 | 302-3198
E-mail | goyoachim@hanmail.net
홈페이지 | www.goyoachim.com

ISBN 978-89-6039-879-5(04810)

* 책 가격은 뒤표지에 표시되어 있습니다.
* 지은이와 협의에 의해 인지는 생략합니다.
* 잘못된 책은 교환해 드립니다.